Ranocchi a merenda

*Premio Andersen - Baia delle Favole 1993
alla migliore collana
di narrativa per ragazzi*

*Premio Nazionale di Poesia e Fiaba Alpi Apuane
"Collana d'Oro" 1996*

Guido Quarzo

Premio Andersen - Baia delle Favole 1992

Premio Biblioteca Civica di Lucca 1994

Ranocchi a merenda

Illustrazioni di

Cecco Mariniello

Premio Andersen - Baia delle Favole d'Illustrazione 1985 e 1989

Lista d'onore IBBY *Internazionale* 1990

Selezione Premio Catalonia d'Illustrazione 1995

PIEMME
Junior

I Edizione 1996

15033 Casale Monferrato (AL) - Via del Carmine, 5
Tel. 0142/3361 - Telefax 0142/74223
http://www.edizpiemme.it

Stampa: arti grafiche TSG s.r.l., via Mazzini, 4 - Tel. 0141/598516 - 14100 Asti

– CIELO! –
gridò la principessa Elisa.
– Ancora quel terribile drago.

Infatti in un angolo della stanza
il vecchio cuscino verde,
zitto zitto,
stava per balzare sulla principessa.

«Se non faccio in fretta
il drago verde mi mangerà»
pensò la principessa Elisa.
E così
se ne andò svelta nel suo ufficio.

L'ufficio della principessa Elisa
era davvero ben arredato:
c'era un tavolino da picnic
con sopra un telefono rosso,
c'era uno sgabello giallo di legno
e c'era la scatola grande
dei pennarelli,
per scrivere lettere colorate.
Alla principessa Elisa
piaceva molto
scrivere lettere colorate.

La principessa Elisa
sollevò la cornetta
del telefono rosso.

– Pronto? – disse.

– Pronto! – rispose il prode Carlo.

– Qui parla la principessa Elisa.

– E qui risponde il prode Carlo.

– Buongiorno caro prode Carlo.

– Buongiorno principessa,
posso fare qualcosa per lei?

– Ecco, veramente sì,
c'è qui il terribile drago verde
che sta per mangiarmi.
Venga a salvarmi per favore.
– Arrivo subito – disse il prode Carlo.

Il prode Carlo
saltò dentro la stanza
con la spada in mano.
Ma il vecchio cuscino
non ne voleva sapere di morire.

Si sa,
i draghi verdi sono testoni
e prepotenti,
sono i peggiori di tutti.

Il prode Carlo
lo colpiva con la spada,
di taglio e di punta,
e non sbagliava un colpo.
– Tieni! – gridava il prode Carlo
ad ogni assalto.

La lotta con il drago verde
fu tremenda.
Fu così tremenda
che la mamma venne a vedere
che cosa succedeva.

– Si può sapere
che cosa succede qui? –
domandò la mamma.

– Carlo sta cercando di uccidere
il drago –
disse la principessa Elisa.
– Ma lui
non vuole saperne di morire –
spiegò il prode Carlo.
– Forse bisogna telefonare a papà –
disse Elisa sollevando già
la cornetta del telefono rosso.
– Macché, – fece la mamma
– ora ci penso io!

La mamma
afferrò il vecchio cuscino verde
e cominciò a sbatterlo di qua e di là.
– Allora, brutto rospo...
– Drago... – disse il prode Carlo,
che ci teneva
che ogni cosa avesse il suo nome.
– Ah, già, sì certo...
Allora, brutto drago,
come ti permetti di non morire
sotto i colpi
del prode cavaliere Carlo! Eh?
Non lo sai che sei soltanto
un vecchio sacco di pulci?
– Ma così lo offendi – disse Elisa.
– Certo, l'unico modo
per uccidere i draghi di questo tipo
è offenderli a morte –
spiegò la mamma.
– E infatti –
osservò il prode Carlo
lasciando cadere la spada
– è bell'e stecchito!

– Con un drago morto
è impossibile giocare – disse Elisa.
– Tutto quello che si può fare
è usarlo per cuscino – disse Carlo.
Così la principessa Elisa
e il prode Carlo
si sedettero sul vecchio drago verde.
– Morbido – disse Elisa.
– Comodo – disse Carlo.

Ma non si può stare seduti
per molto tempo
sopra un vecchio cuscino
senza far niente.

– E adesso cosa si fa? –
domandò Carlo.

– Adesso si sta un po' tranquilli –
disse la mamma.

– Allora ci vuole una storia –
disse Elisa.

– Una storia di principi.

– E principesse.

– E incantesimi.

– E stranezze.

La mamma sospirò,
si sedette sullo sgabello giallo
nell'ufficio della principessa Elisa,
spostò il telefono rosso
e incominciò a raccontare.

C'ERA UNA FATA che andava in giro
da uno stagno all'altro
trasformando in principi
tutti i ranocchi che incontrava.

Era più forte di lei:
ogni volta che vedeva un ranocchio
non resisteva e zacchete,
lo faceva diventare alto
e biondo
e con gli occhi azzurri.

I ranocchi
non erano per niente contenti
e speravano di non incontrare mai
quella fata.

Purtroppo
non è facile per i ranocchi
non farsi trovare in casa,
così prima o poi,
per quanto sperassero di no,
venivano trasformati in principi.

Tutti quei principi
che erano stati ranocchi
avevano grandi difficoltà
a procurarsi il pranzo,
e anche la merenda.

– Poverini – disse Elisa.

– Io non sono mai stato ranocchio – disse Carlo.
– Che cosa mangiano i ranocchi?

– Insetti – disse la mamma,
e continuò a raccontare.

QUEI POVERI principi
non riuscivano ad acchiappare
moscerini, mosche e zanzare.
Correvano avanti e indietro
con la bocca spalancata
cercando di farci finire dentro
qualche insetto, ma naturalmente
facevano solo una gran brutta figura,
perché
quello non è un comportamento
adatto a un principe,
e per di più restavano a pancia vuota.

– E perché
quella fata faceva così? –
domandò Elisa.
– Non poteva lasciare in pace
tutti quei ranocchi?
– Eh già, – disse la mamma
– se lo chiedevano anche i ranocchi,
credetemi,
ma non riuscivano proprio
a spiegarsi la ragione
di un comportamento
così poco ragionevole.
Ma ora
sentite il resto della storia...

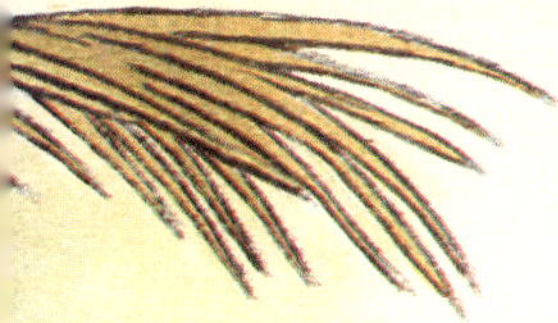

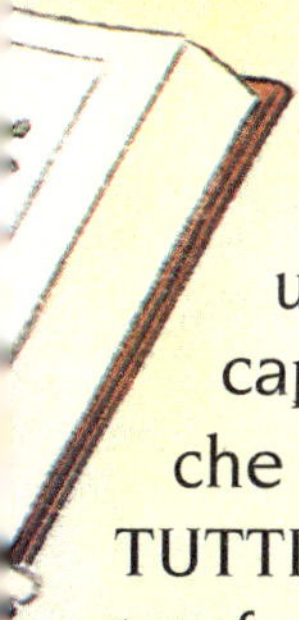

UN GIORNO finalmente
un ranocchio molto intelligente
capì che la fata era convinta
che in realtà
TUTTI i ranocchi fossero PRINCIPI
trasformati in ranocchi,
così pensava di far bene
a trasformarli di nuovo in principi.
Naturalmente
questa idea se l'era messa in testa
perché questo è ciò che accade
in tutte le storie di fate
e lei altre storie non ne conosceva.

– Insomma, – disse Carlo – nessuno le aveva mai spiegato che i principi sono principi?

– E che i ranocchi sono ranocchi? – aggiunse Elisa.

– Proprio così – disse la mamma. – Nessuno glielo aveva mai spiegato...

QUEL RANOCCHIO intelligente
provò a spiegare questa faccenda
alla fata,
ma gli venne fuori
solo un «CRA CRA».
Subito la fata lo trasformò
in un bel principe biondo,
alto, occhi azzurri
e pancia vuota.
  Poi lo osservò con attenzione
e sospirò:
  «Ah,
nemmeno tu sei il mio principe!».

CRA

Il ranocchio biondo si disse
che forse
questo era il vero problema:
la poverina si sentiva sola
e sperava
in quel modo strampalato
di trovare il suo principe azzurro.
Quel ranocchio intelligente
allora prese un foglio
e scrisse una lettera alla fata.

– Perché scrisse una lettera? –
domandò Elisa.
– Perché se provava a parlare
gli usciva sempre solo
«CRA CRA CRA»... –
spiegò la mamma.
– Ma sapeva scrivere? –
domandò Carlo.
– Certo,
e sentite che cosa scrisse...

LA MAMMA prese dalla tasca
una vecchia lista della spesa
e incominciò a leggere:
«Cara fata,
piuttosto che trasformare
tutti i ranocchi in principi,
faresti più in fretta
a trasformare te in ranocchia.
Ciao.
Firmato: il tuo ranocchio azzurro».

La fata trovò
che era davvero un buon consiglio.
Anche perché
era stanca di vagare per le paludi.
Si trasformò in ranocchia
e annullò tutti gli incantesimi
fatti prima,

SPRINCIPÒ e RIRANOCCHIÒ tutti
con grande soddisfazione.

Infine
sposò il ranocchio intelligente
(che non era più biondo
ma continuava ad avere
bellissimi occhi azzurri)
e visse felice e contenta
in un fresco stagno verde e blu.
Questa è la storia
ed altro non so più!

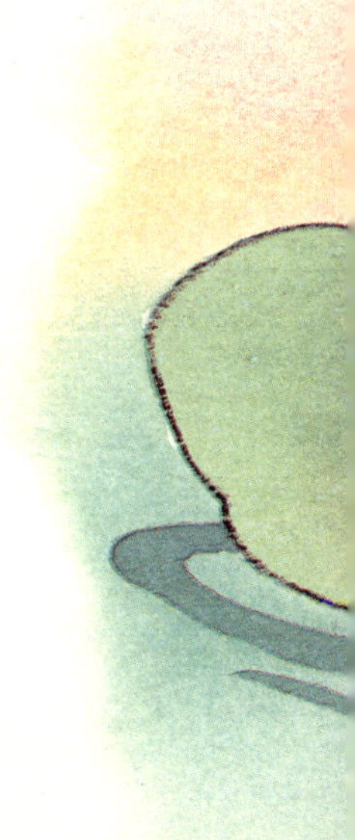

– È una storia da matti – disse Elisa.

– Però mi ha fatto ridere – disse Carlo.

– A me ha fatto venire fame – disse Elisa.

– Di là
ho una bella torta di moscerini – disse la mamma.

– Puah! – fecero gli altri due.

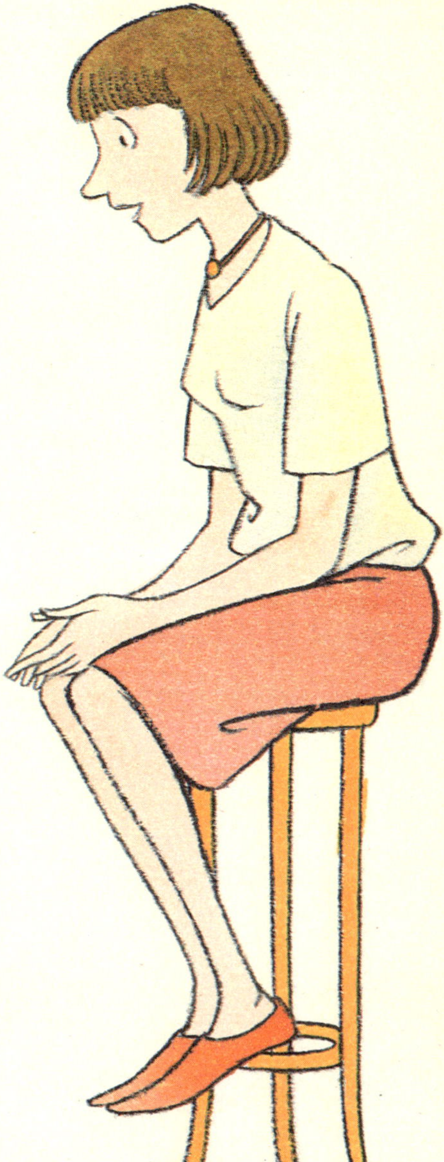

E per merenda
mangiarono pane e cioccolata,
saltellando
e cantando «CRA CRA CRA!»

CRA!
CRA!

Intanto,
nel solito angolo della stanza,
il solito vecchio drago verde
pensava:
«Mmm...
ranocchi a merenda...
ne vado matto!».

(CERTI DRAGHI, dovreste saperlo,
non muoiono mai).

IL BATTELLO A VAPORE

Serie bianca
primi lettori

1. *Otfried Preussler,* Agostina la pagliaccia
2. *Eveline Hasler,* Il maialino Lolo
3. *Christine Nöstlinger,* Anna è furiosa
4. *Maria Vago,* Matilde vuole cantare
5. *Joles Sennell,* La rosa di san Giorgio
6. *Gloria Cecilia Díaz,* La strega della montagna
7. *Mira Lobe,* Il fantasma del castello
8. *Attilio Locatelli,* Gastone ha paura dell'acqua
9. *Antón Cortizas,* La matita di Rosalia
10. *Maria Vago,* La casa dei mostri
11. *Simone Frasca,* Bruno lo zozzo
12. *Carmen Vázquez-Vigo,* La forza della gazzella
13. *Anna Lavatelli,* Il cannone *Bum!*
14. *Xosé Cermeño,* Neve e poi neve e poi neve
15. *Guido Quarzo,* Ranocchi a merenda
16. *Mira Lobe,* Il piccolo Abracadabra
17. *Graciela Montes,* Valentino somiglia a...
18. *Bernhard Lassahn,* Il pirata Barbagrossa e il calzino puzzolente
19. *Simone Frasca,* Renato e la TV dei pirati
20. *Jonathan Allen,* La Scuola dei Lupi Cattivi
21. *Bernhard Lassahn,* Hanno rubato la barba a Barbagrossa!
22. *Martin Auer,* Una principessa insopportabile
23. *Manfred Mai,* Solo per un giorno
24. *Simone Frasca,* Bruno lo zozzo e la dieta mostruosa
25. *Colin West,* La maialina dalle orecchie ballerine
26. *Erhard Dietl,* Se io fossi una tigre
27. *Anna Lavatelli,* Alex non ha paura di niente
28. *Colin West,* Un orsetto troppo ordinato
29. *Dav Pilkey,* Un amico per Dragone
30. *Hiawyn Oram,* Il rapimento della principessa Camomilla
31. *Rafael Estrada,* Il re Solosoletto
32. *Janosch,* Posta per la Tigre!
33. *Dav Pilkey,* Dragone trova un gatto
34. *Ludwig Bemelmans,* Madeline
35. *Cecco Mariniello,* Jacopo e l'Abominevole Selvatico
36. *Janosch,* Il tesoro più bello

37. *Simone Frasca,* Ma dov'è il Carnevale?
38. *Claudio Muñoz,* Il piccolo capitano
39. *Colin West,* La giungla della nonna

Serie bianca ORO

1. *Christine Nöstlinger,* Guarda che viene l'Uomo Nero!
2. *Lindsay Camp,* La festa magica di mezzanotte
3. *Cecco Mariniello,* Il cane che ebbe tre nomi
4. *Janosch,* Oh, com'è bella Panama!
5. *Jake Wolf,* Papà, posso avere un elefante?
6. *Katherine Paterson,* Il più bel regalo di Marco
7. *Roberto Piumini,* Le ombre cinesi
8. *Kay Thompson,* Eloise
9. *Dav Pilkey,* Buon Natale, Dragone!

IL BATTELLO A VAPORE

Serie azzurra
a partire dai 7 anni

1. *Christine Nöstlinger,* Cara Susi, caro Paul
2. *Fernando Lalana,* Il segreto del parco incantato
3. *Roberta Grazzani,* NonnoTano
4. *Russell E. Erickson,* Il detective Warton
5. *Ursel Scheffler,* Inkiostrik, il mostro dell'inchiostro
6. *Christine Nöstlinger,* Storie del piccolo Franz
7. *Ursula Wölfel,* Augh, Stella Cadente!
8. *María Puncel,* Un folletto a righe
9. *Mira Lobe,* Ingo e Drago
10. *Klaus-Peter Wolf,* Lili e lo sceriffo
11. *Derek Sampson,* Brontolone e il mammut peloso
12. *Christine Nöstlinger,* Un gatto non è un cuscino
13. *David A. Adler,* Il mistero della casa stregata
14. *Mira Lobe,* La nonna sul melo
15. *Paul Fournel,* Supergatto
16. *Guido Quarzo,* Chi trova un pirata trova un tesoro
17. *Hans Jürgen Press,* Le avventure della Mano Nera
18. *Irina Korschunow,* Il drago di Piero
19. *Renate Welsh,* Con Hannibal sarebbe un'altra cosa
20. *Christine Nöstlinger,* Cara nonna, la tua Susi
21. *Ursel Scheffler,* Inkiostrik, il mostro delle tasche nauseabonde
22. *Sebastiano Ruiz Mignone,* Guidone Mangiaterra e gli Sporcaccioni
23. *Mirjam Pressler,* Caterina e... tutto il resto
24. *Consuelo Armijo,* I Batauti
25. *Derek Bernardson,* Un'avventura rattastica
26. *Ursel Scheffler,* Inkiostrik, il mostro dello zainetto
27. *Terry Deary,* L'anello magico e la Fabbrica degli Scherzi
28. *Hazel Townson,* La grande festa di Victor il solitario
29. *Toby Forward,* Il settimanale fantasma
30. *Jo Pestum,* Jonas, il Vendicatore
31. *Ulf Stark,* Sai fischiare, Johanna?
32. *Dav Pilkey,* Le mitiche avventure di Capitan Mutanda
33. *Francesca Simon,* Non mangiate Cenerentola!

34. *Ursel Scheffler,* Inkiostrik, il mostro del circo
35. *Russell E. Erickson,* Warton e i topi mercanti
36. *Anne Fine,* Cane o pizza?
37. *Jeremy Strong,* C'è un faraone nel mio bagno!
38. *Ursel Scheffler,* Inkiostrik, il mostro dei pirati
39. *Friedrich Scheck,* Il mistero dell'armatura scomparsa
40. *Sjoerd Kuyper,* Il coltellino di Tim
41. *Ulf Stark,* Il Club dei Cuori Solitari
42. *Sebastiano Ruiz Mignone,* La guerra degli Sporcaccioni
43. *Maria Carla Pittaluga,* Il piccolo robot
44. *Jacqueline Wilson,* Scalata in discesa
45. *Rindert Kromhout,* Peppino
46. *Ursel Scheffler,* Inkiostrik, il mostro del Luna Park
47. *Anna Vivarelli,* Mimì, che nome è?
48. *Dav Pilkey,* Capitan Mutanda contro i Gabinetti Parlanti

Serie azzurra ORO

1. *Paula Danziger,* Ambra Chiaro non è un colore
3. *Anne Fine,* Teo vestito di rosa
4. *Paula Danziger,* Punti Rossi su Ambra Chiaro
5. *Bernardo Atxaga,* Shola e i leoni
6. *Paula Danziger,* Ambra Chiaro va in quarta
7. *Ondřej Sekora,* Le avventure di Ferdi la formica

IL BATTELLO A VAPORE

Serie arancio
a partire dai 9 anni

1. *Mino Milani*, Guglielmo e la moneta d'oro
2. *Christine Nöstlinger*, Diario segreto di Susi. Diario segreto di Paul
3. *Mira Lobe*, Il naso di Moritz
4. *Juan Muñoz Martín*, Fra Pierino e il suo ciuchino
5. *Eric Wilson*, Assassinio sul "Canadian-Express"
6. *Eveline Hasler*, Un sacco di nulla
7. *Hubert Monteilhet*, Di professione fantasma
8. *Carlo Collodi*, Pipì, lo scimmiottino color di rosa
9. *Alfredo Gómez Cerdá*, Apparve alla mia finestra
10. *Maria Gripe*, Ugo e Carolina
11. *Klaus-Peter Wolf*, Stefano e i dinosauri
12. *Ursula Moray Williams*, Spid, il ragno ballerino
13. *Anna Lavatelli*, Paola non è matta
14. *Terry Wardle*, Il problema più difficile del mondo
15. *Gemma Lienas*, La mia famiglia e l'angelo
16. *Angelo Petrosino*, Le fatiche di Valentina
17. *Jerome Fletcher*, La voce perduta di Alfreda
18. *Ken Whitmore*, Salta!!
19. *Dino Ticli*, Sette giorni a Piro Piro
21. *Peter Härtling*, Che fine ha fatto Grigo?
22. *Roger Collinson*, Willy e il budino di semolino
23. *Hazel Townson*, Lettere da Montemorte
24. *Chiara Rapaccini*, La vendetta di Debbora (con due "b")
25. *Christine Nöstlinger*, La vera Susi
26. *Niklas Rådström*, Robert e l'uomo invisibile
27. *Angelo Petrosino*, Non arrenderti, Valentina!
28. *Roger Collinson*, Willy acchiappafantasmi e gli extraterrestri
29. *Sebastiano Ruiz Mignone*, Il ritorno del marchese di Carabas
30. *Phyllis R. Naylor*, Qualunque cosa per salvare un cane
33. *Anna Lavatelli*, Tutti per una
34. *G. Quarzo - A. Vivarelli*, La coda degli autosauri, Premio "Il Battello a Vapore" 1996
35. *Renato Giovannoli*, Il mistero dell'Isola del Drago
36. *Roy Apps*, L'estate segreta di Daniel Lyons

IL BATTELLO A VAPORE

37. *Gail Gauthier*, La mia vita tra gli alieni
38. *Roger Collinson*, Zainetto con diamanti cercasi
39. *Angelo Petrosino*, Cosa sogni, Valentina?
40. *Sally Warner*, Anni di cane
41. *Martha Freeman*, La mia mamma è una bomba!
42. *Carol Hughes*, Jack Black e la nave dei ladri
43. *Peter Härtling*, Con Clara siamo in sei
44. *Galila Ron-Feder*, Caro Me Stesso
45. *Monika Feth*, Ra-gazza ladra
46. *Dietlof Reiche*, Freddy. Vita avventurosa di un criceto
47. *Kathleen Karr*, La lunga marcia dei tacchini
48. *Alan Temperley*, Harry e la banda delle decrepite
49. *Simone Klages*, Il mio amico Emil
50. *Renato Giovannoli*, Quando eravamo cavalieri della Tavola Rotonda

Serie arancio ORO

1. *Renato Giovannoli*, I predoni del Santo Graal, Premio "Il Battello a Vapore" 1995
3. *Peter Härtling*, La mia nonna
5. *Katherine Paterson*, Un ponte per Terabithia
6. *Henrietta Branford*, Un cane al tempo degli uomini liberi
7. *Sjoerd Kuyper*, Robin e Dio
8. *Louis Sachar*, Buchi nel deserto
9. *Henrietta Branford*, Libertà per Lupo Bianco